오늘하루, 그리고
365일

몸 편하고 마음 즐거운 것이 성공

즐거움이야말로 삶의 유일한 목표다
—오스카 와일드

인생은 복잡하지만 진실은 단순하다.
사람은 단순함으로 가면 도를 통하는데
복잡하게 생각해서 진리를 보지 못한다.

산에 오르는 길은 제 각각이지만
오르는 사람마다 다 의미가 있고,
길은 길마다 산에 오르는 바른 길이다.

산다는 것은 결국 오장육부를 편안하게 하고
오감을 즐겁게 만드는 것이다.

뱃속이 편하면 세상에 부러울 게 없다.
몸 편하고 맘이 즐겁다면 그게 바로 성공인 것이다.

자기가 진정으로 좋아하는 것이 무엇인지 알아내고
그것에 몰두하여 이루는 것이 성공이다.
그곳으로 가는 길이 아름답다.
그 길이 성공의 길이다.

"편안하고 즐거운 상태에 이르는 것이 성공 아닌가요?"

세파에 시달리지 않고 오로지
음악 세계에서만 살았을 것 같은 젊은 음악가,
세계적인 바이올리니스트 장영주 씨의 말이다.

정상이 아니라 무사히 내려왔을 때

바라는 것을 모두 이루게 되면 만사가 두려워진다. 즉, 불행한
행복의 상태(an unhappy state of happiness)가 된다.
—발타자르 그라시안

"정상에 오르고 나면
'아무것도 없는 이곳에 왜 그렇게 악착같이 올랐나?'
하는 허무감이 밀려옵니다.
그리고 이젠 더 이상 안 올라가도 된다는 생각에
한숨 놓습니다. 그러나 그것도 잠깐.
그러면서 다시 내려가야 할 불안에 휩싸입니다.
기쁨이란 정상에 있지 않고
무사히 내려왔을 때 있는 것입니다.
숨을 내쉬고 들이쉬고 눈을 떴다 감았다 하는 사이에
삶과 죽음이 있습니다."

등산가 박영석 씨의 말이다.

정상에 머무는 시간은
올라온 시간에 비하면 아주 짧다.
정상에 오른 후 앞으로 자기가 할 일을 생각하고
즐겁게 기대에 벅차 내려오는 길이 성공의 길이다.

산에서 내려올 때는 올라갈 때보다
힘은 덜 들지만 훨씬 위험하다.
아직도 힘을 빼지 못해서 그렇다.
내려올 때는 힘을 빼고 천천히 내려와야 한다.

성공은 정상에 도달할 때가 아니라
무사히 내려왔을 때 완결되는 것이다.
출세한 것이 성공한 것이 아니다.
무사히 내려왔을 때 그때 성공한 것이다.

남이 부러워 하는 것, 내가 좋아하는 것

자유란 우리가 좋아하는 것들의 노예가 되기 위하여
우리가 좋아하지 않는 것으로부터 자유로워지는 것이다.
– 어니스트 밴

인생에서 실패한 자는
남이 세워준 기준과 목표에 도전하여
평생을 헤매며 사는 자이며,

인생에서 성공한 자는
남이 부러워하는 길을 가지 않고
내가 좋아하는 길을 가며
내 인생 내가 산다는 인생관을 갖고 살아가는 자이다.

돈과 권력은 자유를 잃게 한다.
남이 가진 돈과 권력이 부러우면

여유와 자유를 포기해야 한다.
진정 좋아하는 길을 찾아내면
부럽고 겁날 게 없다.

남모르는 길이 진정 나의 것이고 자유의 길이다.

남에게 부러움 일으키면
시기의 화살만 날아온다.

남의 주목을 받으며 살면
자유롭기는 다 틀린 것이다.

이중성을 버려라

성공은 즐거움까지 함께 데리고 오지는 않는다.

성공한 삶이란 것은
자기가 하고 싶은 일을
할 수 있게 된 것을 의미한다.
그러나 자기가 하고 싶은 일만 해서는
성공할 수 없다.

속으로는 좋으면서도
겉으론 싫은 척하는 남자는
결코 미인을 얻지 못한다.

용기를 내서 너 아니면 죽는다고
대시하는 자가 이긴다.

부와 명예와 권력은
그것을 절실히 원하고,
끈질기게 따라붙는 사람의 것이다.
좋아하면서도 겉으론 경멸하는 이중성을 보이는 한,
절대로 얻지 못한다.

사람은 누구나 명예를 존중하지만,
명예를 좇는 사람을 경멸한다.
부도 명예도 자기를 좋아하고
간절히 원하는 자에게만 몸을 준다.

성공한 사람들은 모두가 그렇게 했다.
성공의 목표 앞에서는 단순하고 열렬했다.
우아하게 돈 번 부자,
품위 있고 멋있게 출세한 사람은 없다.

속물이 되고자 이를 악물어 보지만
마음먹는다고 아무나 되는 게 아니다.

성공에는 1등이라는 순위표가 없다

원조는 찬사를 받지 못하는데 그것을 비슷하게 모방한 것은
오히려 찬사를 받고 있으니 그림 그리기란 참으로 헛되도다.
– 블레이즈 파스칼

내 능력은 평범인데 쳐다보는 것은 1등뿐이다.
실패는 성공의 어머니가 아니다.
1%만이 다시 일어난다.
사람들은 너나없이 앞에 서려다가
낙오되고 불행해진다.

일등만이 전략이 아니다.
모두가 획일적인 목표를 갖고 경쟁하다보면
1등을 제외한 나머지는 낙오자가 되고 만다.
멀쩡한 사람들이 한 사람 때문에
못난이가 되고 마는 것이다.

2등 목표도 전략이 되고
중간목표도 보통사람들의 실천전략이다.
일등만을 목표로 뛰어오르다가는
중간도 못 오르고 낙오된다.

누구나 산을 오르고 있지만
누구나 일등으로 오르자는 것은 아니다.
느리게 오르든 숨가쁘게 오르든
각자 자신의 방식대로 오르내리는 것이다.
산에 오른 사람은 다 1등인 것이다.

인생을 사는 것은 각자의 인생을 사는 것이지
남들과 같은 인생을 사는 것이 아니다.
남과 비교하고 경쟁하면서 사는 것만이 삶이 아니고,
능력만이 인간을 평가하는 기준이 아니다.

이 우주에 오로지 나는 하나뿐이고,
내 인생은 우주역사에 하나뿐인 것이다.
그런 인생을 우리는 남과 같은 방식으로

경쟁하는 삶을 살면서 나를 버리고 있다.
죽을 때 달아보면 누구나
그 살아 온 인생의 무게는 같은 것이다.

현대를 살아가는 가장 현명한 생존전략은
중간목표전략이다.
대박은 아니라도 망하지는 않는다.

대박 나는 로또복권은 없다.
내 인생에 벤처투자 하지 마라.
성공에는 일등이라는 순위표가 없다.

유능한 Follower

잘못된 리더십 강조는 사회초년병을 잘못 길들이고
인생을 망치는 지름길이다.
리더십은 리더가 되고 나면 자리가 가져다준다.

리더를 꿈꾸는 자가 리더가 되는 게 아니고
성실하게 위를 보좌하고
열심히 주어진 일에 몰두한 사람이
나중에 받는 보상이 리더의 자리이다.

리더의 자리는 윗사람이 끌어주고
부하들이 밀어줘서 만들어지는 것이다.

성공을 꿈꾸는 자는 리더십 이전에
팔로우십부터 갖추어야 한다.

자신들을 뒤에서 든든하게 버텨주고 있다는
안정감을 느끼게 하는 것이 리더십이다.
부하들이 현장에서 뛰다가 사무실에 들어왔을 때,
보고하고 상의할 수 있는 상사가 버티고 있어야
그 부하들은 안정감을 느끼게 되고
그를 리더라고 생각한다.

리더가 항상 자리를 비우고 현장에 나가있어서
사무실에 있는 시간이 거의 없다면
어린아이가 집에 들어왔을 때
엄마가 없으면 느끼게 되는
허전함과 고립감을 느끼는 것과 같다.

귀가 시 아내가 없을 때
남편도 그런 기분을 느낀다.
불안감과 허전함 그런 것들이다.

공부 콤플렉스에서 벗어나라

우리는 자라오면서 알게 모르게
공부 콤플렉스에 빠져 있다.
공부 잘하는 것이 선한 것이고,
그것이 인간의 능력과 비례하고,
심지어는 인간성마저도 좋게 보인다.
공부 잘하는 것이 최고라는 의식이 자리 잡게 되면서
모든 가치판단의 기준이 공부에 맞추어져 있다.

공부 잘하던 친구가 잘못되면
동정하고 뭔가 이유를 찾으려고 하지만,
공부 못하던 친구가 잘못되면

그것은 당연한 것으로 여긴다.
공부 못하던 친구는 공부 잘하던 친구를 만나면
나이 먹고 나서도 왠지 기가 죽는다.
공부 콤플렉스 때문이다.

공부 콤플렉스를 빨리 벗어 던져야
사회에 나와서 자기만의 적성을 파악하고
능력을 발휘할 수 있다.

사회는 학교처럼 60분의 테스트로 성적을 메기고
능력을 평가하는 곳이 아니다.
사회는 무한경쟁의 생존경쟁장이지
울타리 처진 캠퍼스가 아니다.
울타리도 없고, 무서운 선생님도 없고,
시험기간도 따로 없지만 사회에서는
스스로 노력하지 않으면 바로 도태될 수밖에 없다.

노력과 공부는 살아 있는 동안
평생 행해야 하는 것이다.

어렸을 때의 우량아가
커서도 꼭 건강하다는 보장 없다.
학교 다닐 때 공부를 잘했든
어렸을 때 우량아였든
그런 것들은 오히려 자기자만에 빠질 수 있는
거추장스러운 물건이 될 수도 있다.

"대본을 검은색이 될 때까지
볼펜으로 줄치면서 외웠습니다.
나는 기초가 안 되어 있기 때문에
유재석, 신동엽 이런 사람들보다 더 노력해도
따라갈 수 없는 부분이 많습니다.
죽기 살기로 했습니다.
못 배워서 좋은 점은 똥고집이 없는 거죠.
배우지 못한 자의 혜택인 것 같아요.
'알아서 잘 칠해 주십시오.' 하고
저 자신을 맡겨버립니다."

씨름 왕 출신으로 우연한 기회에

코미디 프로에 등장한 후
방송계의 떠오르는 진행자로 각광받고 있는
강호동씨의 얘기다.

성격이 좋은 것은 물론 성공의 기본 항목이지만
거기에 이렇게 끈기로 덤비면
그야말로 맨땅에 헤딩하듯 하여도
성공할 수가 있는 것이다.

한 분야에서 성공하고 무언가를 이룩해 본 사람은
그가 누구이든 남을 가르칠 수 있는 자격을 가진
선생님이고 멘토가 될 자격이 충분히 있다.
우리는 이런 사람에게서 배워야 한다.

공부는 나와의 싸움이고, 성공은 남과의 경쟁이다.
공부는 벽에다 공을 치는 벽치기 테니스 훈련과 같고,
성공은 상대방과 네트를 사이에 두고서
치고받는 것이다.
공부는 나만 잘하면 되지만,

성공은 남의 도움이 없으면 안 된다.
공부는 자기가 한 만큼 성과를 얻지만,
성공은 노력에 운이 같이 따라주어야 한다.

공부는 커닝으로 실력이 늘지 않지만
성공은 남의 것을 잘 훔쳐봐도(벤치마킹) 가능하다.

시간은 생명이다

시간을 보낸다는 것은
나의 수명을 그만큼씩 덜어내어
세월이라는 곳에 실어 내버리는 것과 같다,

성공한 자는 성공해야 하는 곳에
시간을 투자하는 사람이다.

돈도 쓸 데 쓰고 안 쓸 데 안 써야 불어나듯이
시간도 쓸 데 안 쓸 데를 잘 구분하여야 한다.

누구나 시간은 동일하다.

인간은 태어날 때부터 하늘로부터
똑같은 선물을 받았다.
그것은 시간이라는 물건이다.
누구에게나 공평한 것이고 가장 값진 것이다.

평생 죽음이라는 결승점을 정해 놓고
걸어가는 인생행로의 거리는 동일하다.

다만 사람에 따라
주어진 시간을 쓰는 방법이 다를 뿐이다.

바쁜 사람이 중요한 일을 하며,
바쁠 때 두 가지 일을 동시에 해낸다.

한가할 때는 늘어지면서도
머리도 잘 안 돌고 일이 손에 안 잡힌다.
바쁘지만 하고 싶은 일 다 하면서도
큰일도 멋지게 처리하고,
많은 일을 해내면서도 내용이 좋아지는 때가 많다.

시간이 없다고 하는 것은
마음의 여유가 없거나
시간을 낭비했기 때문이다.

시간에 투자하고 세월에 보험 들자

누구에게나 주어진 시간은 동일하고
그 누구도 지나간 세월을 되돌릴 수는 없다.
꾸준히 하루에 하나씩, 하루에 한 걸음씩
쉬지 말고 세월의 금고에 저장하라.

시간에 투자하고 세월에 보험 들자.
언젠가 그것이 연금이 되고 힘이 되어 돌아온다.

아무리 기술이 좋아도
세월을 한몫에 발효시킬 수 없다.
세월에 묵혀야 묵은 것이 되는 것이고,

역사에 바래야 골동품이 완성되는 것이다.

타고난 재주 없는 보통사람들의 확실한 성공전략은
세월에 저축하는 것이다.
하루 중에 아주 쪼끔씩 떼어내어
세월의 단지에 집어넣어 둘 일이다.
세월이 약이고 오래 버틴 자가 이긴다.

무엇을 나의 세월단지에 집어넣어
발효숙성 시킬 것인가?
그것을 정하는 것은 각자가 꿈꾸는대로다.
30년의 세월에 투자한 자는 무슨 일에서든 성공하고,
무슨 꿈이든지 이룰 수 있다.

세월은 누구에게나 공평하다.
그 세월에 꿈을 심고, 오랜 세월 그 꿈을 위해
노력한다면 세상에 당할 자가 없다.

누구도 지나간 세월은 돌이킬 수 없는 것이다.

마셔버린 술과 써버린 돈처럼 흘려보낸 세월은
이미 죽은 것이기 때문이다.
오로지 세월을 묻어둔 자만이 그것을 가지고 있다.

내 산에 심은 나무는 삼십 년이 지나면
아름드리 큰 거목이 되어 있다.

나중에 두고 보자고 하는 말은 가진 것 없는 자가,
싸움에서 진자가 내뱉은 말이지만
허투루 볼 일이 아니다.

정말로 그가 절치부심하여 오랫동안 힘을 기른다면
권력이면 권력, 돈이면 돈,
힘이면 힘 무엇이든지 이길 날이 온다.
다만 그것을 흐지부지 하기 때문에
안 되는 일이 많아서
두고 보자는 놈 겁 안 난다고 하는 것이다.
그러나 사실은 두고 보자고 하면
속으로는 겁을 내고 대비하여야 한다.

세월이 지나면 누가 어떻게 변할지
아무도 장담 못한다.
누구든 30년을 투자하면 전문가가 되고
일가를 이룰 수 있다.

오늘하루

모든 것에는
처음이 있고 그 처음은 오늘 하루로부터 시작한다.
하루도 거르지 않고 하면 뭐든지 이룰 수 있다.
작은일 부터, 간단한 것부터, 시시한 것부터
희망의 기차는 출발하는 것이다.

목숨과 맞바꾼 하루치 오늘!
어찌 허송할 것인가.
감사하고 즐겁게 써라.
지난 세월을 허송했다고 후회할 것 없이
이제부터라도 오늘 하루를 잘 키워라.

하루도 거르지 않고 뭔가를 줄기차게 하는 것은
모든 성공의 알파와 오메가다.

누구나 간절한 소망이 있고
그 소망에 다가가는 방법도 다 다르다.
그러나 그 소망을 이루는 사람은
오늘 하루를 잘 다룬 한 사람이다.

운동선수나 예술가, 작가, 학자 등
어느 한 분야에서 성공한 사람들은
뭔가에 목표를 세운 후,
이룰 때까지 하루도 거르지 않고 한 사람이다.

하루도 거르지 않으려면 어떻게 해야 하는가?

꼭 이루어야 한다는 간절함이
몸에 가득 배어있어야 한다.
그래야 쉬지 않고 꾸준히 달려 나갈 수 있는 것이다.

간절하다는 것은 무엇이고 어떠한 상태의 것인가?
갈증을 느끼는 타는 목마름 같은 헝그리한 상태다.
사랑하는 사람을 향한
애절하고 감미로운 꿈 같은 욕망,
그런 것을 가지면 사람은 온 힘을 다하여
하루도 잊지 않고 달려갈 수 있다.

그런 갈증과 애절함이야말로 인간을 움직이게 하는
무한한 에너지의 샘이다.

당신에게는 그런 간절함이 있는가?
매일 매일 간절하게 구하고 있는가?
그렇다면 반드시 성취한다.

딱 하루 한 번만 하면 되는데 그것도 못하는가?
그 하루를 위해서 한 시간만 집중하라.

어려운 일과 큰일을 먼저 처리하라

사람들은 어려운 일은 우선 미루어 놓고 본다.
그러나 미루어 놓고 있는 동안은
하루도 맘 편할 날이 없다.
항상 화장실에 다녀오면서
밑을 닦지 않은 것처럼 찝찝하다.

'해야지, 해야지.' 하면서 쉬지도 놀지도 못하고
스트레스에 시달린다.
무거운 짐을 머리에 인 채로 살아가는 것과 같으니
얼마나 힘들겠는가?
그래서 어머니들이 말씀하신다.

"밍기적대지 말고 후딱 해치워라.
그러고 나서 나가 놀더라도 놀아라, 이 미련한 놈아."

실패하고 부진한 자들은 예외 없이 손쉬운 일을
먼저 하고 어려운 일들은 이런저런 핑계를 대면서
꾸물대다가 좋은 세월 다 보내는 부류이다.

결국은 해냈으니 마찬가지 아니냐고 생각하는
사람이 있다면 그는 머리가 아주 나쁘거나 아예
두 가지 중 어느 하나도 해 본 일이 없는 자일 것이다.

큰일과 작은 일을 구별하여 각기
거기에 맞는 크기의 노력을 들여야 한다.
작은 일에 온갖 시간과 노력을 기울이면서도
정작 중요한 일을 소홀히 한다면
그것은 아무리 작은 일을 완벽히 잘해냈다고 하여도
큰일을 망친 것의 1/10도 가름할 수 없는 경우가 많다.

또한 급한 일과 급하지 않은 일을 구분 못하고

아무 일이나 닥치는 대로 하다 보면
일이 엉망으로 꼬이는 수가 많다.
중요하면서도 시급히 처리해야 할 일,
중요하지만 천천히 해도 될 일,
작은 일이지만 빨리 해치워야 하는 일,
작은 일이라서 천천히 해도 될 일,
이렇게 구분을 잘 해내는 것이 일의 기본이다.

일상생활에서도 화장실에서 큰일 보고
제일 먼저 할 일이 '닦는' 일이듯이
밥 먹고 제일 먼저 할 일은 '이 닦는' 일이다.
이것을 나중에 하면 어떻게 되겠는가?

상상하고 웃지 마라.
현실세계에서는 이보다도 더 멍청한 일도
자주 벌어진다.

재미, 우습게 알지 마라

흥미가 없어지면 아무것도 재미가 없다
'Nothing is interesting if you are not interested.'
– Helen Macinness

"공부가 가장 쉬웠어요."
언젠가 대학교 수석입학생이 인터뷰에서 한 말이다.

사람이 살아가는 데는 수많은 위험이 도사리고 있고
소위 운이라는 것이 작용하고 있어서
노력만 가지고는 되지 않는 경우가 많지만,
공부는 일방적으로 내가 들고 파면 노력하는 만큼
결과를 낳을 수 있는 것이기 때문이다.

사회에 나와서 몇 년만 지나면
누구나 공통적으로 하는 소리가 있다.

"내가 학교 다닐 때 공부를 이렇게 했으면
수석으로 졸업했겠다."
"저 친구 공부는 별로였는데
사회에 나와서는 제일 출세했네."
"저 친구는 학교에서는 항상 일등만 했고
좋은 대학 들어가서 잘될 줄 알았는데 별로다."

왜 그럴까? 재미 때문이다.
공부가 재미있어서 그 재미를 맛보려고 거기에
빠져들다 보니 일등하고 공부가 좋아지게 된 것이다.
그런데 사회에 나와 보니 열심히만 한다고
되는 게 아니라서 재미없이 마지못해
듣기 싫은 수업 듣는 것처럼 졸듯이 일을 하니
두각을 나타내지 못하게 되는 것이다.

반대로 학교공부는 그렇게 싫더니 사회 나와서
여러 사람을 만나고 이리저리 뛰어다니는 것이
그렇게 재미있고 좋은 사람들이 있다.
집에 가는 것보다 회사에 남아 일하고

회사 사람들하고 어울려 늦게까지 다니는 게
그렇게 좋을 수가 없다. 재미가 붙은 것이다.

세상을 사는 원리가 바로 이것이다.
재미있는 일을 하면 누구나 일을 잘 해 낼 수 있고
성공할 수 있는 것이다.
그러나 불가피하게
지금 하는 일을 계속해야만 한다면
그 가운데에서 뭔가 작은 재미라도 찾아내서
그것에 재미를 붙여야 한다.

적극적이 되어라. 긍정적인 사고를 가져라.
신념을 갖고 도전하라. 다 같은 말이다.
그리고 다 맞는 말이고 좋은 말인데
실천이 안 되는 이유는 바로 재미가 없어서이다.

산다는 게 하루하루 재미있게 살아야지
그게 없다면 무슨 재미로 사는가?
그러기에 성공을 꿈꾸는 사람들은 내가

재미있어 하는 일이 무엇인지를 먼저 찾아내야 하고,
그것을 아직 찾지 못한 과정이라면
지금 하고 있는 일에서 재미를 찾아내야 한다.
하다못해 구내식당에서 점심을 먹는 재미로라도
열심히 다니고, 안내데스크 아가씨 얼굴 보는 재미로
출근한다고 해도 누가 뭐랄 사람 없다.

재미란 크거나 멀리 있지 않다. 작고 가까운데 있다.
자식이 공부 잘하기를 바란다면
자식에게 공부가 재미있다는 것을 느끼게 하는
그 어떤 방법을 연구해야 한다.

재미, 이것 우습게 알지 마라.
비록 돈과 명예를 손에 쥐었다 한들 재미없는 일에
평생 매달리면 그는 인생을 헛산 것이다.
물론 재미없는 일을 억지로 해
성공할 확률도 거의 없다.
하지만 어떤 일에서든 재미를 찾고
그것에 올인하면 반드시 성공할 수 있다.

사는 게 즐거워 죽겠다는 모습을 하고 있는
사람을 보면 보고만 있어도 행복하다.

천재는 노력하는 사람을 당하지 못하고,
노력하는 사람은 재밌게 하는 사람을 이기지 못한다.

나는 언제 무엇을 할 때 가장 재미있는가?
그것을 알면 절반은 성공한 것이나 다름없다.

화상(禍傷)

사소한 일에 '화'를 내면 그 화의 독은
상대방보다 나에게 더 큰 상처를 준다.
부글부글 끓어오르는 화는 여기저기 닥치는 대로
화풀이를 해대도 쉽게 가라앉지 않고
오히려 가슴과 머리와 뱃속을 돌아다니며
온갖 상처를 입히고 만다.

화를 낸다는 것은 스스로 내 몸 속에
남들이 알지 못하는 '화상'을 입히고 있는 행위다.
화를 내서 좋아지는 것이란 이 세상에 아무것도 없다.
화를 내서 얻는 것은 내 몸 안의 '화상'뿐이다.

화를 내는 것은 더 큰 화를 자초하는 초대장인 것이다.
별것 아닌 문제를 가지고 크게 화를 내는 일은
사소한 일에 목숨 거는 것만큼이나 위험하다.

열 번 잘 해 줘서 얻는 적덕(積德)도
한 번 잘못 화내서 초래한 원망보다 작다.
화낸다고 상대방이 뉘우치고,
충고한다고 진실로 고맙게 받아들이지 않는다.

사람은 이성보다 감성이 우세한 동물이다.
거기엔 가족도 친구도 예외가 아니다.
화를 내는 것은 스스로 못난이임을 자처하는
'바보들의 처세'이다.
화를 참는 것은 현명한 자들의 가장 강한 힘이다.

사람들은 어느 선까지 화를 참을 수 있는 것일까?

욕심을 쥐고 있는 한,
내 성품이 화를 잘 내는 인자를 갖고 있는 한,

화는 나게 마련이다.

사람의 마음 속에는 '화냄' 이 있으니
그것을 어디까지 참고 견딜 수 있는지가 문제이다.

두렵고 자신 없을 때
개는 짖고 사람은 화낸다

분노하는 사람의 행동은 모두 그 사람의 약함과
어리석음을 표시하는 것이다. 분노는 강한 마음의 표현이 아니라
그와 반대로 약한 마음의 표현인 것이다.
– 세네카

참는 것은 무조건이어야 한다.
누구나 참을 만한 것은 참아낸다.
진정한 관용이나 너그러움이란 이해 못할 것도
마음 써주고 받아주는 것을 말한다.

이야기를 듣고 자신이 이해할 수 있는 것만을
받아주는 것은 옹졸함이다.
이해 못할 일, 눈에 거슬리는 것도
따뜻한 눈길을 보내주고 너른 가슴으로 받아주는 것,
이것이 진짜 참는 것이다.
이해하고 아량을 보이면 용서는 필요 없다.

그러나 사람들은 '시시비비'를 가린 후에야
'용서'라는 절차를 밟으려 한다.
결국은 시간낭비요, 상처와 앙금만 남기게 된다.
어차피 용서할 것이라면 이해해 버리자.
용서하지 못하는 것은 그 또한 죄를 짓는 것이다.

미치도록 화가 날 때도
이것을 참아내는 것이 능력이다.
참아서 후회되는 일은 없다.
죽어도 못 참겠다고 거품 물 만큼 큰일은 없다.
지나고 보면 깨닫게 된다.
화내고 후회 안하는 경우란 거의 없다는 것을.

그때는 왜 그렇게 머리끝까지 화가 치밀어 올랐었는지
돌이켜보면 얼굴만 화끈거리고 후회막급이다.
화를 참는다는 것은 순간의 욕심을 참는 것이다.

만약 나의 친구나 아내, 혹은 아들딸들이
별안간 내가 이토록 무섭고 사나운 꼴이 되어

난폭하고 사악한 눈초리로 노려볼 뿐만 아니라
분노의 목쉰소리로 꽥꽥 고함지르는 꼴을 본다면
어떻게 생각할까?

한 마디만 참고, 한순간만 견디면
모든 것이 다 좋다.
두렵고 자신 없을 때 개는 짖고 사람은 화낸다.
상처를 되갚으려면
더 많은 상처를 주지 않으면 안 된다.

화를 자주 내는 것은
아무 쓸모없는 곳에 허비하는 주둥아리의 허세다.
원가가 많이 들어가는 아무 쓸모없는 자존심이고
치료비가 비싼 지랄병이다.

화를 안 내고도 잘 살아갈 수 있다.
화를 내는 것도 화를 안 내는 것도 버릇이다.

삶, 그것은 두려움과의 투쟁

인생 최대의 실수는
실수를 저지를까봐 계속 두려워만 하고 있는 것이다.
– 엘버트 하바드

"우승 후 인터뷰하는 게 두려워서
일부러 우승을 하지 않은 경우도 있었다."

LPGA를 호령했던 세계적인 프로골퍼
에니카 소렌스탐이 은퇴 후에 고백한 말이다.
믿기 어렵겠지만 사실이다.

우리 모두는 두려움으로 인생을 시작했고
평생을 두려움과 함께 산다.
이 두려움과 외로움이 사람을 움직이게 한다.
두려워서 일에 매달리고, 외로워서 사람을 찾는다.

두려움과 외로움이 가장 강한 감성이며,
이러한 감수성에서 예술작품도 나오고
위대한 업적도 나오게 된다.

위대한 시인의 작품은 외로울 때 나오고
큰 업적은 자신이 처한 환경이 어려워져서
망할지도 모른다는 두려움에서 나온다.

그러므로 두려워하는 것을
한낱 소심한 자의 나약함이라고 할 수도,
외로움을 타는 것을 가냘프고
여린 생각이라고만 할 수도 없다.

소심한 사람들은 사람 만나기도 겁낸다.
모임에 나가면 혼자 외톨이가 될까봐 걱정이고,
무슨 말을 해야 할지도 몰라 매사가 두려울 뿐이다.

두려운 것은 상대도 마찬가지다.
상대가 말 않고 가만히 있으면 누구나 두렵다.

복잡한 세상을 살아가는 우리는
의심할 일이 없는 것도 의심한다.
사는 게 두려워서다.
모든 일은 두려움에서 시작하여 자유를 꿈꾼다.
산다는 것은 두려움과의 투쟁이다.

누구에게나 두려움의 크기는 같다.
누구나 안고 있는 문제의 크기는
달아볼 것도 없이 같다.
어른은 어른대로 아이들은 아이들대로
큰 걱정은 큰 대로 작은 걱정은 작은 대로.

초등학생에게는 친구들에게 따돌림당하거나
성적이 떨어지는 것이 죽고 싶을 만큼 큰 문제이다.

누구나 자기가 안고 있는 문제가
세상에서 가장 크고 힘들다.

적당한 걱정은 끼고 살자

이 걱정만 없으면 세상 편하겠고
더 바랄 게 없겠다고 생각한다.
그러나 현실은 영 딴판이다.
고민거리가 없어지고 나면
그때 잠깐은 맘 편하게 살만하다.

그러나 그것도 잠시뿐이고,
우리의 맘과 머리 속에서는 '무슨 걱정거리가 없나?'
하고 분주히 꺼리를 찾는다.

그리고 큰 고민거리가 해결되고 나면

조그만 일이 서서히 걱정거리로 자리잡기 시작한다.
걱정과 고민은 시간과 비집고 들어갈 여유만 있으면
자연히 크게 자란다.

그러므로 조그만 걱정거리는
적당히 끼고 살아도 나쁘지 않다.
그게 해결된다고 모든 게 앞으로는
안 생긴다면 모를까, 그런 일은 절대 없다.
정 할 게 없으면 남의 걱정까지도
사서 한다고 하지 않는가?

적당한 어려움이나 고통은 때로는
우리 삶을 무리하지 않게 하는 안전판이고,
더 큰 두려움이나 고통 등을 예방해주는
'백신'과도 같다.

부족할 게 없는 삶은 죽은 삶이다

지나침이 어떤 것인지를 알아야
충분함이 어떤 것인지를 알 수 있다.
– 윌리엄 블레이크

모든 게 다 있고 부족함이 없다면
그 삶은 의미가 없다.
죽은 삶이고 살아내야 할
목적도 이유도 없는 삶이다.

그런 사람은 희망이 없고 욕심만이 있는
그런 삶을 살 수밖에 없다.

태어날 때부터 모든 것을 가지고 있는
인간들의 인생은 끊임없이 더 채우고,
더 자극적이고 크고 많은 것만을 추구하게 되는데,

세상은 그렇게 다 가진 자들만을 위한 놀이나
욕심의 방을 허락하지 않는다.

결국 그들은 세상에는 없는 파라다이스를 찾아
끊임없이 시지푸스의 바위를 굴리는,
고달픈 생을 살 수밖에 없다.

돈과 명예 등 자기가 가장 많이 가지고 있는 것에서
사람들은 갈증을 느낀다.
그리고 가장 자신 있는 것에서
가장 큰 실수를 저지른다.

욕심이 한이 없고 쉽게 자만에 빠지기 때문이다..

신외무물(身外無物)

신외무물

'몸 외에는 아무것도 없다.'

몸이 가장 소중하며 건강이 최고라는 말이다.

건강은 모든 것의 기본이자 궁극의 목표이기도 하다.

갖은 고생과 각고의 노력 끝에

남들이 부러워할 만한 부와 명예를 거머쥐었다 한들

건강 하나를 지키지 못했다면

그게 다 무슨 소용이 있겠는가?

누구나 성공할 수 있고

누구에게나 행복해질 권리가 있다고 말하지만
그 또한 건강한 사람만이 누릴 수 있는 특권이다.

건강은 마음력의 기본 텃밭이다.
몸이 건강하고 정리정돈이 잘되어 있어야만
마음도 건강할 수 있고 올바른 습관을 들이고
사람들과도 좋은 관계를 유지할 수 있으며
그로 인해 한 발 한 발
성공의 길로 나아갈 수 있는 것이다.

마음 가는 데에 몸 가는 것이 아니고
몸 가는 데에 마음이 따라가는 것이다.

척박한 땅에 앙상하게 서 있는 나무에서
좋은 열매를 기대할 수 없듯이
건강하지 못한 상태에서 성공을 꿈꾸는 것은
한낱 공상에 지나지 않는 것이다.

몸 빼고는 정말 아무것도 없다.

내 몸은 내가 한 짓을 알고 있다

몸과 마음은 서로 연결되어 있다.
따라서 몸을 고치려면 맘보부터 고쳐야 한다.
속병 고치려면 마음부터 바로 잡아라.
내가 좋으면 세상이 다 좋아 보인다.
내가 편하면 누구에게나 관대해진다.

세상만사 맘먹기 나름이라는데 그 마음은
내 몸이 건강하고 내가 처지가 좋아야 한다.

음식을 경건하게 먹는 습관을 갖자.
내 몸에 들어오는 먹을 것에 대하여

예의를 갖춰 받아들이자.
공손하게 감사한 마음으로.
내 몸에 들어와 곧 내 몸의 일부가 될 것들을
어찌 함부로 받아들일 수 있겠는가?

마음을 맑게, 뱃속을 편하게 하려면
먼저 몸과 마음에 꽉 찬 것을 덜어내야 한다.
비운 후에 채워야 한다.
비움과 버리기를 통해 때때로
머리와 배와 몸을 쉬게 해야 한다.

머리의 피정 ──〉 명상(瞑想)
뱃속의 피정 ──〉 단식(斷食)
생활의 피정 ──〉 휴식(休息)

운동하고 운동하고 또 운동하라.
어제가 힘들었다고 생각되면 아침에 박차고 일어나라.
몸이 찌뿌드드할 때 기지개를 쭉 펴라.

기분이 꿀꿀하고 왠지 우울하거나
의욕이 떨어질 때는 몸을 크게 움직여 보라.
운동으로 몸을 힘들게 하고 땀을 흘리고 나면
정신의 리프레쉬가 되는 것을 체험할 수 있다.
박차고 일어나 몸을 움직이면 된다.

몸이 힘들 땐 정신력으로 견디고,
맘이 힘들 땐 체력으로 버틴다.

따뜻한 눈빛으로

관계를 잘 한다는 것은 항상
따뜻한 눈빛을 가지고 상대를 바라봐 주는 것이다.
세상을 바라보는 따뜻한 눈을 가졌을 때
비로소 자신이 속한 토양에 어떤 꿈을 심든지
잘 자라날 수 있는 것이다.

그렇지 못하고도
사회에서 성공했다고 평가받는 사람들을 보게 되는데
과연 그는 성공한 것일까?
성공했다면 그의 성공은 무엇을 노렸던 것이며,
과연 행복할까?

그의 눈빛을 보라.
자세히 그의 눈빛을 들여다보고 있노라면
그것을 알 수 있다.

외로움을 견디는 습관

혼자 있는 걸 견디지 못하여 누군가와 어울려야 하고,

여기저기 나다니면서 헤매는 습관.

이런 습관에서 벗어나야 한다.

외로움과 고독,

이것은 인간을 성숙하게 하는 시간이다.

봄에 씨를 뿌리지 않으면 가을에 후회한다.

잊고 있어도 그 씨는 싹을 틔운다.

그러나 잡초 씨는 한번 번지면

없애기가 참으로 어렵다.

애초에 좋은 꽃씨를 뿌릴 일이다.
여기저기 뿌려놓은 좋은 씨앗은
먼 훗날 잊고 있을 만할 때 크게 열매를 맺어서
즐거움과 보람을 가져다 준다.

씨를 뿌리는 것은 매일 매일 습관적으로 해야 한다.

본서는 '성공으로 가는 베이스캠프 《생존력》'에서 발췌한 내용입니다.

지은이 : 조용상

종합무역상사, 금융회사 등을 거치면서 기업에서 30여 년간 근무했다. 기획 및 관리 전문가로서 국내외 경영, 해외근무 등 다양한 경험을 한 전형적인 삼성의 관리출신 CEO다. 우연한 기회에 언론사 CEO로 색다른 경험을 하기도 했으며, 최근에는 기업과 개인을 대상으로 하는 토탈컨설팅 회사를 설립하여 새로운 활동을 벌이고 있다.

'생존력'이란 어떤 환경에서도 살아남을 수 있는 기초적인 힘이다.

살아남아야 성공하는 것이고 성공하는 자는 누구나 생존력이 탄탄하다.

오늘 하루 그리고 365일

지은이 | 조용상
펴낸이 | 우지형
기 획 | 김수광
진 행 | 곽동언
펴낸곳 | 나무한그루
주소 | 서울시 마포구 서교동 395-122 주연빌딩 6층
전화 | (02)333-9028 팩스 | (02)333-9038
E-mail | namuhanguru@empal.com
출판등록 제313-2004-000156호

ISBN 978-89-91824-24-9 03810

값 3,500원